TRÈS BEAUX

# MEUBLES DU XVIII^ÈME^ SIÈCLE

et de styles anciens

**SCULPTURES**

DE MADRASSI & DE CHÉRET

Bronzes

TABLEAUX ANCIENS & MODERNES

MÉNARD & CHAUFOUR
10, RUE MILTON
PARIS

CATALOGUE

DE

TRÈS BEAUX

# MEUBLES DU XVIII^ÈME SIÈCLE

*Magnifique lit de parade du temps de Louis XVI*
*Salons en tapisserie d'Aubusson et en lampas*
*Sièges Louis XV et Louis XVI*
*Commode en laque du temps de Louis XVI, Vitrines, Consoles*
*Torchères, Grand lit Renaissance de JANSELME*
*Piano de DEBAIN, Orgue d'ALEXANDRE*

**2 Belles Statues en marbre de MADRASSI**

" La Naissance de Vénus " et " La Danse après la Moisson "

**TERRES-CUITES PAR J. CHÉRET**

**IMPORTANT SURTOUT DE TABLE DU Ier EMPIRE**

*Bronzes d'Art et d'Ameublement*

**TABLEAUX ANCIENS & MODERNES**

*Portraits de VAN LOO*

*Étoffes, Tapis d'Orient, Tentures*

DONT LA VENTE AURA LIEU

HOTEL DROUOT, SALLE No 1

**Le Mercredi 23 Mai 1900, à 2 heures**

**Me G. DUCHESNE**
COMMISSAIRE-PRISEUR
6, Rue de Hanovre

**M. A. BLOCHE**
EXPERT PRÈS LA COUR D'APPEL
28, Rue de Châteaudun

*Chez lesquels se distribue le présent Catalogue*

EXPOSITION PUBLIQUE

LE MARDI 22 MAI 1900

DE 2 HEURES A 6 HEURES

## CONDITIONS DE LA VENTE

Elle sera faite au comptant.

Les acquéreurs paieront 5 o/o en sus des prix d'adjudication.

L'exposition mettant le public à même de se rendre compte de l'état et de la nature des objets compris dans ce catalogue, aucune réclamation ne sera admise une fois l'adjudication prononcée

Paris. — Imp. Ménard et Chaufour, 8-10, rue Milton.

# DÉSIGNATION

## MOBILIER

1 — Magnifique lit de parade en bois finement sculpté, rechampi de vert pâle et parties dorées offrant aux angles des statues d'amours sur gaînes à cannelures, volutes et guirlandes, le devant et le fond sont décorés de couronnes de lauriers, de motifs fleuris et surmontés de balustrades gracieusement cintrées toutes à feuillages enroulés.

Ce lit du temps de Louis XVI est d'une ordonnance aussi élégante que décorative.

2 — Joli meuble de salon en tapisserie d'Aubusson, des plus fines de style Louis XVI, à médaillons brûle-parfums et rinceaux, encadrés de lauriers, contre fond vert réséda, bois sculptés et dorés à rubans enroulés et couronnes de fleurs. Il se compose d'un canapé et quatre fauteuils.

3 — Bergère à oreillons, de style Louis XIV, à mascarons et coquilles, couverte en tapisserie à bouquets de pavôts.

4 — Bel ameublement de salon, style Ier Empire en bois finement sculpté et doré, montants à figures de sphynx, encadrements et bandeaux à rubans ensoleillés, couvert en lampas crème, décor à rosaces fleuries, bouquets de roses et entourages à tulipes. Il se compose d'un canapé et quatre fauteuils.

5 — Deux jolis fauteuils de style Louis XV, en bois finement sculpté et doré à rocailles fleuronnées, foncés de canne

dorée, avec coussins en jolie tapisserie d'Aubusson, contre-fond rose, médaillons à bouquets de fleurs, encadrés de rinceaux sur fond blanc.

6 — Banquette du temps de Louis XV, en bois sculpté à coquilles, ornements et pieds de biche, élégants croisillons, couverte en cuir brun.

7 — Grande chaise longue en bois sculpté couverte en moire bouton d'or, à branchages fleuris brochés violet et mauve, Louis XV.

8 — Fauteuil à dossier carré en bois sculpté, bras à volutes dorées, couvert en velours rouge avec milieu en velours de Gênes, dessin à grands ramages, Louis XIII.

9 — Grand fauteuil couvert en ancienne tapisserie au petit point offrant des gerbes de fruits et de fleurs sous un portique, dessin à la Bérain, bois uni. Epoque Louis XIV.

10 — Deux beaux tabourets en bois sculpté à rocailles, couverts d'anciennes tapisseries d'Aubusson à médaillons d'animaux encadrés de palmiers sur fond rouge à guirlandes de fleurs. Époque Louis XV.

11 — Deux grands fauteuils en bois sculpté et doré, du temps de Louis XV, dessin à rocailles, couverts en ancien velours rouge, garnis de galons.

12 — Deux belles commodes demi-lune en laque noir avec scènes à personnages en laque de diverses couleurs d'une grande finesse de dessin et de décor, montures bois sculpté et doré, pieds à griffes et volutes. Epoque Louis XIV.

13 — Très beau lit de milieu en noyer sculpté, de style Renaissance, offrant au fronton un cartouche au milieu de rinceaux, montants à colonnettes enguirlandées de lierre et, sur le devant, deux chimères ailées. Travail de Janselme.

14 — Chaise longue en noyer sculpté, de même travail, couverte en velours vert à rayures.

15 — Quatre chaises à hauts dossiers couvertes en tapisserie au point, dessin à grands ramages sur fond clair, garnies de franges, bois de noyer Louis XIII.

16 — Meuble de boudoir composé d'un petit canapé, deux marquises et deux chaises en bois de noyer à rocailles à rehauts d'or, couverts en satin vert réséda broché à bouquets de fleurs et festons. Style Louis XV.

17 — Grande vitrine italienne en bois noir et marqueterie d'ivoire.

18 — Deux torchères en bois sculpté et peint, formées de figures de nègres.

19 — Console en bois sculpté et laqué blanc et or. Style Louis XV.

20 — Petite console en bois noir. Style Louis XVI.

21 — Piano droit en palissandre, de Debain.

22 — Table-étagère garnie de peluche rouge.

23 — Jolie table-bureau Louis XVI, en marqueterie de bois rose et de violette, avec tiroirs et tablette, sabots en bronze.

24 — Deux fauteuils forme X, en marqueterie de bois, dessin Renaissance.

25 — Joli meuble de salon en bois sculpté et doré de style Louis XV, recouvert en brocart à fleurs fond crème, composé d'un canapé, deux fauteuils et quatre chaises.

26 — Banquette en bois sculpté et doré de style Louis XIII, couverte en brocart fond crème.

27 — Deux chaises en bois sculpté et doré de style Louis XV, garnies en soie brochée fond vert.

28 — Banquette en bois sculpté style Louis XV, couverte en soie brochée fond vert.

29 — Table à thé en marqueterie de bois à fleurs, garnie de bronzes. Style Louis XV.

30 — Petit bureau de style anglais, en marqueterie de bois.

31 — Bureau de forme ventrue, ouvrant à dos d'âne, en marqueterie de bois à fleurs et armoirie. Style Louis XV.

32 — Guéridon en bois de palissandre garni de bronzes, dessus en brocatelle d'Espagne. Style Louis XV.

# MARBRES

## MADRASSI

33 — *La Naissance de Vénus.*

La déesse de la Beauté est représentée sortant d'une coquille et retenant son abondante chevelure lui tombant sur les épaules.

Jolie statuette en marbre blanc.

Signée.

MADRASSI

34 — *La Danse après la moisson.*

La jeune paysanne ayant posé sa gerbe de blé qu'elle vient de sarcler, se prépare à danser.

Jolie statuette en marbre.

Signée.

# TERRES CUITES

CHÉRET (J.)

35 — *Les Grenouilles.*

Beau vase en terre cuite.

CHÉRET (J.)

36 — *Les Pêcheuses.*

Frise en terre cuite.

CHÉRET (J.)

37 — *Les Libellules.*

Coupe forme feuille en terre cuite.

# OBJETS D'ART

38 — Beau surtout de table en bronze ciselé et doré du Ier Empire, composé : 1° d'une grande pièce de milieu à fond de glace se démontant en quatre compartiments. La galerie offre une suite de cariatides d'amours, de colombes et de rinceaux à branchages abritant des nids d'oiseaux, les motifs sont reliés par des pilastres surmontés de corbeilles de fruits.

2° Quatre étagères à bonbons avec trois coupes en cristal.

3° Deux coupes à fruits.

39 — Beau vase en bronze à figures allégoriques représentant les *Masques,* de JOSEPH CHÉRET.

40 — Paire de candélabres Empire à figures de femmes portant des branches de lumières.

41 — Deux statuettes en bronze : Soldats de la République, 1792. Avant et après le combat.

42 — Buste en bronze : Bonaparte.

43 — Statuette en bronze : Esclave.

44 — Statuette en bronze représentant Voltaire, socle en marbre.

45 — Milieu de table Empire formé par trois figurines en bronze doré.

46 — Paire de vases en bronze doré. Style Louis XVI.

47 — Deux statuettes en biscuit : Les Enfants studieux, socles en bronze.

48 — Paire de bras d'applique en bronze à trois lumières. Style Empire.

49 — Jardinière en porcelaine.

50 — Grande suspension de salle à manger à gaz en bronze poli. Style Renaissance.

51 — Pendule en bronze doré du Ier Empire, représentant Spartacus.

52 — Jardinière en étain à rocailles. Style Louis XV.

53 — Quatre plats en étain, décor à armoiries.

54 — Garniture de cinq grandes pièces en porcelaine de Chine, décor à personnages dans le genre de la Famille verte.

55 — Petit lustre flamand en cuivre avec crémaillère.

56 — Deux appliques en cuivre.

57 — Grande plaque composée de deux carreaux en faïence turque. XVIIIe siècle.

58 — Deux plaques en faïence de Delft, décor polychrome à personnages et fleurs.

59 — Statuette de saint Jean-Baptiste en bois sculpté.

60 — Christ en ivoire sculpté sur croix dorée, encadrement en bois sculpté et doré Louis XIV.

61 — Très beau et grand lustre en verre de Venise à rinceaux et chaînettes, disposé pour le gaz.

62 — Lustre en bois, style flamand à dix-huit lumières disposées pour l'électricité.

63 — Groupe en grès : Le Retour de l'école, par FALGUIÈRES, édition de MULLER.

64 — Deux potiches en faïence de Marseille.

65 — Paire de girandoles en bronze argenté de style Louis XIV.

66 — Satuette en marbre vert : Mercure attachant ses ailettes aux chevilles, d'après PIGALLE.

67 — Grand groupe en biscuit : le *Triomphe de la Beauté*, composition de nombreuses figures.

68 — Jolie petite pendule en bronze ciselé et doré, représentant des amours se débattant autour du cadran forme boule, socle marbre rose. Style Louis XVI.

69 — Deux crucifix en bois sculpté.

70 — Cadre ancien en bois sculpté à fleurs et rubans.

71 — Jardinière et seau en cuivre, montés sur un pied à potence en fer forgé. Louis XIII.

72 — Deux vases de Chine fond jaune, décor à personnages.

73 — Crande vasque de Chine, décor en émaux de couleur à figures.

74 — Deux vases boules de Chine, fond bleu, dessin en émaux de couleur.

## ARGENTERIE.

## OBJETS DE VITRINE

75 — Très belle garniture de toilette en vermeil, composée de: une grande cuvette, une petite cuvette avec pot à eau, trois bougeoirs, cinq flacons, une timbale, une

bouillotte, treize boîtes diverses, un encrier, une boîte à chauffer l'eau, un cachet, un couvert, un porte-plume, une grande glace, un bouchon de flacon le tout pesant environ 8,500 grammes.

76 — Cafetière à cotes, en argent gravé.

77 — Garniture de toilette composée de huit pièces, boîtes et flacons en cristal, couvercles en vermeil guilloché, plus un couvercle.

78 — Deux miniatures ovales. Napoléon Ier et Marie-Louise.

79 — Deux éventails : l'un en corne peinte et ajourée, l'autre en os avec feuille à paillettes.

79 *bis* — Peigne de coiffure en argent ciselé et doré. Époque Empire.

80 — Bague en or, montée d'un camée à tête d'homme.

81 — Deux couverts en argent. Travail hollandais.

82 — Bonbonnière en ivoire ornée d'une miniature Louis XVI. Portrait de petite fille.

83 — Collier en cuivre ciselé. Style Renaissance.

84 — Paire de pendants d'oreilles en argent garnis de strass.

85 — Epingle de cravate, ornée d'un buste de Louis XV en ivoire.

## TABLEAUX

### BLAIN DE FONTENAY

86 — *Fleurs.*

Cadre bois sculpté.

### BOILLY (Ecole de).

87 — *Jeune femme peintre.*

BOUCHER (Attribué à)

88 — *Etude de la Vierge au Voile et Enfant Jésus.*

CANTEU

89 — *Jeune fille ourlant un fichu.*

CANTEU

90 — *Jeune tricoteuse.*

CANTEU

91 — *Jeune paysanne des Sables-d'Olonne.*

CANTEU

92 — *Jeune fille brune.*
Tête d'étude.

COROT (Attribué à)

93 — *Etude de chêne de Fontainebleau.*

COURBET (Attribué à G.).

94 — *La Vague.*

## COURBET (Attribué à)

95 — *Chevreuils sous bois.*

Etude.

## DAVID

96 — *Portrait de la princesse Pauline Bonaparte.*

## DECAMPS

97 — *Pêcheurs grecs.*

Signé D.-C.

## GERICAULT (Attribué à)

98 — *Portrait de jeune Normande.*

## GRAFF (Antoine)

99-100 — *Portrait des deux archiduchesses d'Autriche, sœurs de Marie-Antoinette.*

Représentées en costume de cour richement parées de joyaux.

Deux charmants petits tableaux ovales.

Cadres bois sculpté de l'époque.

## HEIN

101 — *Hugenot.*

Aquarelle.

## KOLLER

102 — *Cheval blanc.*

Étude.

Signé.

## LATOUR

103 — *Portrait d'homme.*

Pastel.

## LEMIRE

104 — *Aquarelle.*

## LEMOINE

105 — *Etude de femme.*

## MARILHAT

106 — *Camp.*

Étude.

## MESPLÈS

107 — *Danseuse.*

Pastel.

## MONNOYER (J.-B.)

108 — *Bouquets de fleurs.*

Cadre bois sculpté.

## MUNKACZY

109 — *Portrait de Tzigane.*

## PIERRE

110 — *Grisaille.*

Cadre bois sculpté.

## PIGAL

111 — *Monsieur le Maire.*

## PILS

112 — *Zouave en Crimée.*

Etude.

POUSSIN (Ecole du)

113 — *Paysage animé de personnages et animaux.*

Beau cadre bois sculpté.

PRUD'HON (Attribué à)

114-115 — *Portraits d'un conventionnel et de sa femme.*

Deux bons dessins ovales.

RAFFET

116 — *Halte de soldats turcs.*

RAFFET (Attribué à)

117 — *Mendiant de Londres.*

ROSALBA

118 — *Portrait d'actrice.*

STEVENS (A.)

119 — *Marine.*

## STEVENS (A.)

120 — *Marine.*

## THOREN (Otto de)

121 — *Tête de chien.*

Signé.

## VAN LOO (Carle)

122 — *Portrait de M. de Villiers.*

Il fut guillotiné pendant la Terreur le même jour que le général comte de Beauharnais.

Joli tableau ovale.

## VAN LOO (Louis-Michel)

123 — *Portrait de la comtesse Maximilienne de Verone, née comtesse de Garienti et Raal d'Insprück.*

Représentée en costume de cour, robe de brocart d'or garnie de dentelles avec manteau bleu turquoise, gracieusement jeté et drapé, s'appuyant le bras gauche sur un coussin sur lequel est posé son petit chien et de la main droite tenant son éventail. Elle est debout et regarde de face. Dans son palais, ses armes se détachent sur la colonnade.

Beau tableau ovale.

VÉLASQUFZ (Attribué à)

124 — *Portrait d'un jeune page.*

VIEN

125 — *David devant l'Arche sainte.*

ÉCOLE ANCIENNE

126 — *Portrait d'homme.*

ÉCOLE ESPAGNOLE

127 — *Sainte Famille.*

Peinture sur cuivre.

ÉCOLE FLAMANDE

128 — *Poules.*

Peinture sur ardoise.

## ÉTOFFES, TENTURES

### TAPIS D'ORIENT

129 — Douze pièces dessus de sièges et dossiers pour salons, en soierie claire fine-

ment brodées à corbeilles et rinceaux fleuris. Style XVIII$^{e}$ siècle.

130 — Quatre grands rideaux en étoffe verte à rayures avec franges et galons assortis.

131 — Belle tenture en ancien cuir de Cordoue.

132 — Dessus de piano droit en broderie portugaise avec frange.

133 — Grand tapis persan fond rouge, dessin à animaux.

$3^{m} \times 2^{m}50$.

134 — Grand tapis de Perse fond rouge, dessin à médaillon.

$3^{m} \times 2^{m}50$.

135 — Grand tapis de Perse fond beige, dessin polychrome.

$4^{m} \times 2^{m}75$.

136 — Quatre couvre-matelas en soierie rayée blanc et rouge. Époque Louis XVI.

137 — Chasuble et dalmatique en soierie ancienne.

138 — Mantille en soierie ancienne fond mauve.

139 — Deux morceaux brocart marron à fleurs. Époque Louis XV.

140 — Portière en soierie rose.

141 — Robe soierie verte. Époque Louis XVI.

142 — Couvre-lit en soierie bleue.

143 — Deux rideaux étoffe verte.

144 — Lot de cinq morceaux de soieries diverses.

145 — Carpette genre orientale.

146 — Objets omis.

www.ingramcontent.com/pod-product-compliance
Ingram Content Group UK Ltd.
Pitfield, Milton Keynes, MK11 3LW, UK
UKHW020525180726
13839UKWH00005B/2305